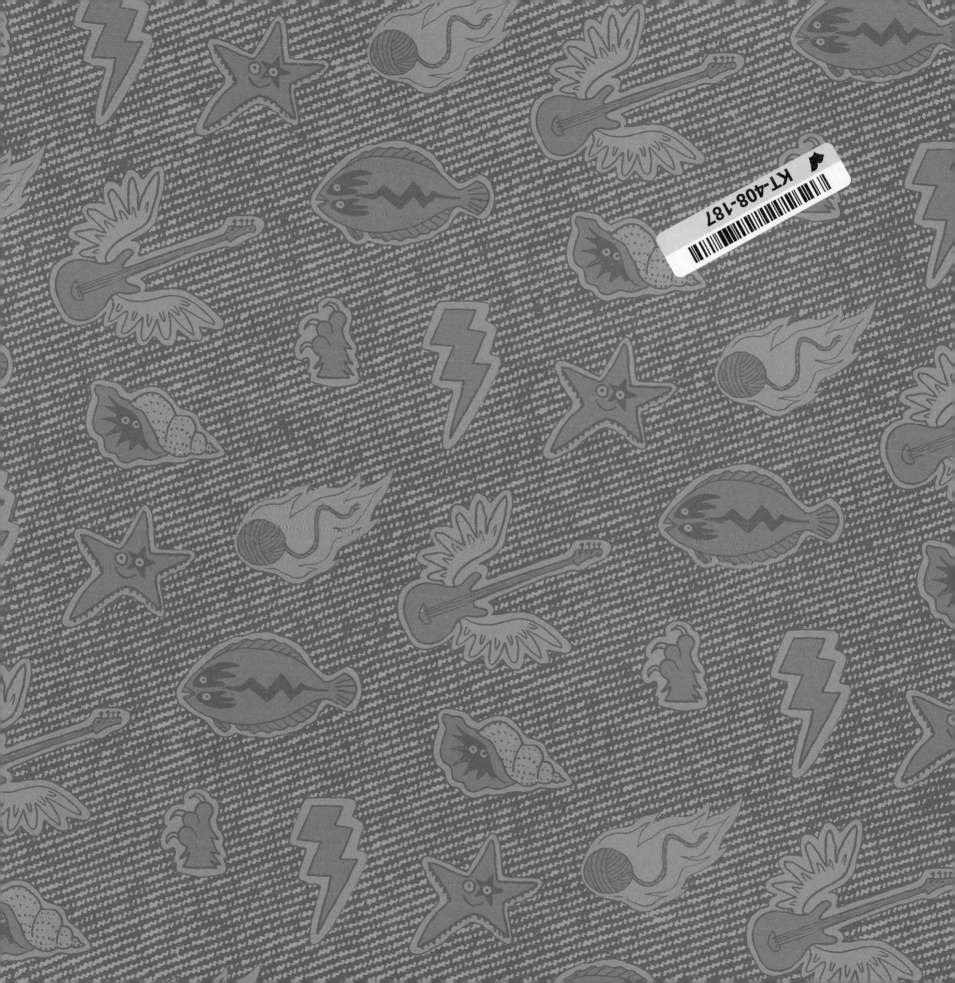

DAVE

O MONSTRO SOLITÁRIO

Anna Kemp e Sara Ogilvie
Tradução de Bhuvi Libanio

4ª edição

PAZ & TERRA

Rio de Janeiro

2024

Era uma vez, numa isolada gruta, um monstro chamado DAVE, que vivia em solidão absoluta.

Nos velhos tempos ele era irritante.

Gritava,

rugia

e sua **bagunça** era constante.

Até que um dia, as pessoas que gostavam de tudo arrumado e organizado não queriam mais o monstro naquele povoado.

Baniram Dave para a Gruta Sonora,
e sozinho ele foi embora.
Coitado do Dave!

E lá,

ele ficou por seis décadas.
Somente Dave e sua guitarra

dedilhando músicas que ninguém ouvia,
do nascer do sol até o último canto da cigarra.

Cavaleiros locais, para piorar,
queriam fazer o velho Dave lutar.
Dos dentes grandes e das orelhas
de abano faziam piada
e da pele de escamas davam risada.

Mas Dave nem uma pulga machucaria,
não gosta de luta, só de paz e calmaria.

Prefere curtir sua guitarra

e num banho de espuma ele se amarra.

Certo dia, enquanto o velho Dave cochilava, no nariz, um repolho deu-lhe uma pancada.

Depois, veio outra! Desta vez, no olho, uma beterraba.

E então... Vapt!

Uma berinjela parecia que voava.

De repente, saltou de trás do arbusto,
um pequenino cavaleiro, que lhe deu um susto.
E com uma cenoura o ameaçou.

— Prepare-se para conhecer seu destino! —
ele gritou.

— Quantos anos você tem? — o monstro perguntou ofegante.
— Tenho seis — disse o infante.

— Meu nome é Percival, o Forte.
E você é Dave, monstro cruel de grande porte!

O monstro esfregou a cabeça, sentindo um pouco de dor.
— Ah! Isso foi arrasador... Você não sabe
que um cavaleiro de verdade
trata os outros com gentileza e amizade?

Posso parecer cruel e ser grandão,
mas as feras **também têm coração**.

Percival nunca tinha naquilo pensado, ficou parado e encarando Dave, sentindo-se derrotado.

Então, envergonhado e vermelho como suas botas, ele disse:

— Desculpe-me por ter sido mal-educado.

Tal qual um cavaleiro, Percival deixou prometido
nunca mais jogar legume apodrecido.

Quando chegou o final da semana…

... a amizade entre cavaleiro e fera já estava para lá de bacana.

Na gruta,
tocavam com animação

e de moto davam
voltas no quarteirão.

Assistir a esporte na TV virou mania.

Finalmente,
o velho Dave tinha companhia!

Mas lá na cidade, do outro lado da baía,
o pessoal ficava mais mal-humorado a cada dia.

Há muitos anos, a tranquilidade reinava naquele lugar.
E assim, todo mundo ficava entediado até chorar.

Eles suspiravam e diziam:
— Uma boa e velha luta contra o monstro não seria formidável?
— Seria, sim, memorável!
— Que tal criar um dia para isso?
— Vai nos animar ter esse compromisso!

Então eles pegaram algumas frutas estragadas,
alguns legumes podres e raízes mofadas,

foram lá para a Gruta Sonora,
onde Dave tricotava meias, para não
deixar os pés de fora.

Quando começaram a mirar,

um cavaleiro furioso não se deixou intimidar.
Saiu gritando do meio da multidão:

— Parem com isso! — de um jeito bem mandão.

— Quanta bobagem! Vocês não sabem se comportar? Isso não é jeito de se relacionar.

— Ele toca rock e faz um barulho tremendo.
Mas isso por acaso é algum crime horrendo?

Agora joguem fora essas batatas,
pensem em Dave, não sejam pessoas insensatas!

Todo mundo então se acalmou.
— Não queríamos te machucar, Dave — um deles sussurrou.

Dave sorriu e balançou o cabeção,
— Se vocês realmente querem se divertir de montão,
guardem a salada
que eu vou pegar a guitarra mais irada!

Foram correndo para a gruta...

... e fizeram uma festa muito biruta!

Dançaram e cantaram e dançaram ainda mais,
todos juntos fazendo movimentos iguais.

A galera, muito extrovertida

fez a vida **MONSTRO** ficar mais divertida.

O velho Dave reconquistou os amigos
com alegria e bom humor,

porque o gentil cavaleiro veio ajudar,
sabendo que o amigo só queria lutar...

... por paz e amor.

Para Cleo e Esme,
e para a mãe e o pai maravilhosos que elas têm – AK

Para Johanna e Alics – SO

Copyright do texto © 2008 Anna Kemp
Copyright da ilustração © Sara Ogilvie
Copyright da tradução © Paz e Terra, 2019

Título original: *Dave: The Lonely Monster*

Direitos desta edição adquiridos pela
EDITORA PAZ & TERRA
Rua Argentina, 171, 3º andar – São Cristóvão – Rio de Janeiro, RJ – 20921-380
http://www.record.com.br

Seja um leitor preferencial Record.
Cadastre-se e receba informações sobre nossos lançamentos e nossas promoções.

Atendimento e venda direta ao leitor: sac@record.com.br

Texto revisado segundo o Acordo Ortográfico da Língua Portuguesa de 1990.

CIP-BRASIL. CATALOGAÇÃO NA PUBLICAÇÃO
SINDICATO NACIONAL DOS EDITORES DE LIVROS, RJ

K42d   Kemp, Anna
        Dave: o monstro solitário / Anna Kemp, Sara Ogilvie; tradução de Bhuvi Libanio. – 4ª ed. – Rio de Janeiro: Paz e Terra, 2024.
        : il.

        Tradução de: Dave: The Lonely Monster
        ISBN 978-85-775-3411-1

        1. Ficção. 2. Literatura infantojuvenil inglesa. I. Ogilvie, Sara. II. Libanio, Bhuvi. III. Título.

19-57808   CDD: 808.899282
               CDU: 82-93(410.1)

Vanessa Mafra Xavier Salgado – Bibliotecária – CRB-7/6644

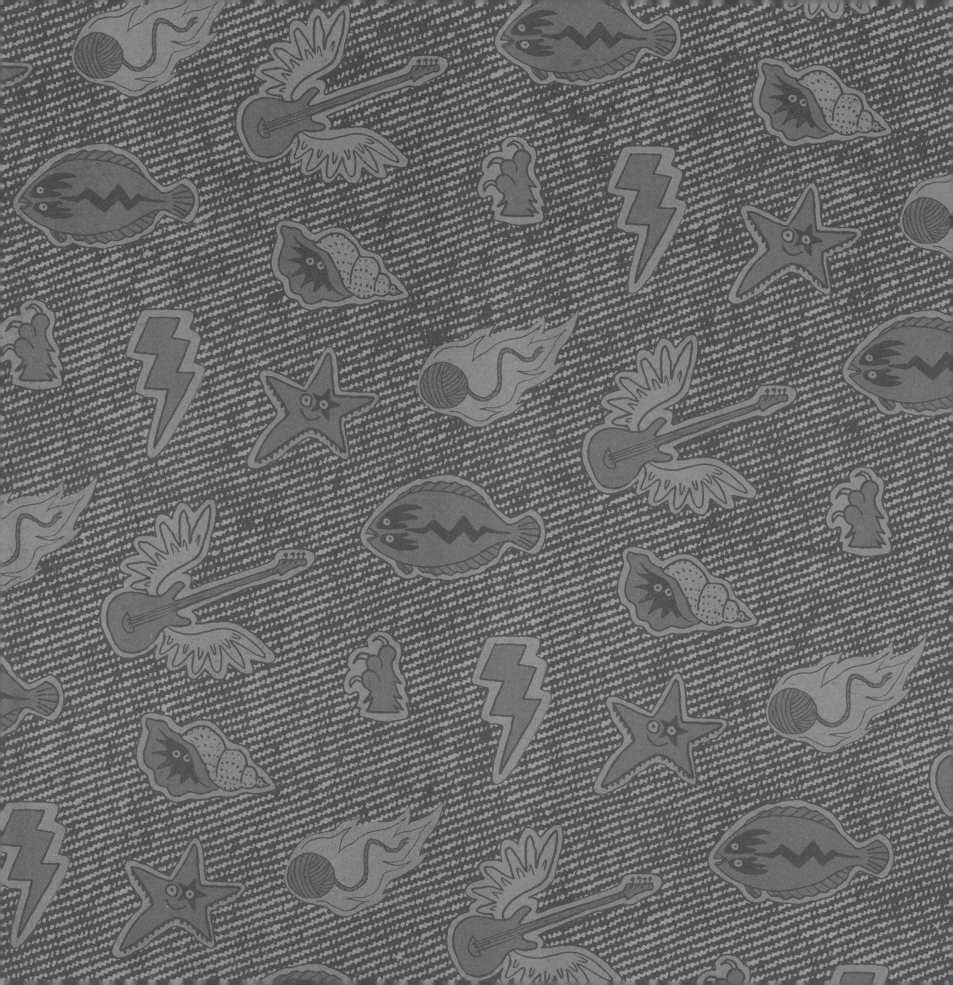